당신은 낡고 나는 두려워요

김결 시집

당신은 낡고 나는 두려워요

달아실시선
79

달아실

보조 용언과 합성 명사의 띄어쓰기 등 본문의 맞춤법은 시인의 의도에 따른 것임.

당신은 어디쯤입니까?

우연의 시간 속에서
순간의 풍경 속에서

봄 여름 가을 겨울
늦은 안부를 묻습니다.

미루나무 작은 잎
고요한 흔들림 속으로

당신, 같이 가실래요?

2024년
김결

차례

당신은 낡고 나는 두려워요

2부. 당신의 빈자리는 아직 푸릅니다

3부. 구름이 되어 버린 발에서 고양이 방울이 울리고

4부. 오늘 밤은 흑백입니다

1부

제발 얼룩을 읽어 주세요

또는, 눈사람의 기분

우리는 텍스트예요 주기적으로
폭발하죠
사월에 눈이 내리기도 하고요

당신은 여전히 모르는 사건으로 남았죠
제발 얼룩을 읽어 주세요

들끓던 용암을 가라앉히는 오늘
눈 내린 불면에 로그인을 하고
거울 속의 분화구를 외면합니다
숱한 넷플릭스의 드라마와 마주하죠

바닥에 웅크린 나의 주인공이
사월에 내린 눈처럼 녹고 있고

대답할 의무도 없이 드라마는 끝이 납니다
사월의 눈과 여전히 모르는 당신에게
잠시 머물던 내가 눈사람으로 녹아 가죠

질 때 더 붉은 당신을 오려 붙여
텍스트를 읽는 내 눈동자가 젖어듭니다

날이 저물어요 당신은 낡고 나는 두려워요

계절의 터미널에서 갓 내린 커피를 마셔요
나를 저울질하며 주문을 걸죠

사월은 불타오르거나 녹아내리고
소리 없이 모란이 다녀가고
떠난 이와 남은 자가 일으켜 세운 터미널만 남았죠

이제 나는 누구인가요

바디 드로잉

그림자 속에는 어제의 물컹한 것이 기웃거려요

 특별하지 않아도 됩니다 소소한 하루의 일상이 차곡차
곡 모여 취향적 역사가 된다잖아요 그림자를 느껴 보세요
다행인지 햇살이 좋아요 이렇게 저렇게 마음을 옮겨 봐요
나의 손과 발을 내가 움직이는 데에도 용기가 필요할까
요 그림자가 온몸을 구기며 쉽게 나오지 않는 것은 동작
이 서툴렀을 뿐 잘못이 아니에요 많은 생각은 더디게 할
뿐이죠 손가락 꼼지락거림부터 뛰고 뒹굴고 큰 동작까지
마음껏 표현해요 마침 바람이 불어오네요 흙담 속에서 배
롱나무 이파리가 흔들려요 자유분방하게 노래해요 태어
나기 전부터 움직이기 시작한 우리잖아요 심장 소리와 마
음의 방향이 오늘은 헝클어졌어요 외팔이 인형일지라도
그림자조차 약해 보이고 싶지 않아요 잘려 나간 마음에서
푸른 더듬이가 자라나요 자 이제 두려운 뒷걸음을 숨기고
섬세한 동작으로 나를 그려 볼게요 햇볕 가득한 마당에
그늘 물결이 흘러내려요 뭉툭한 나를 뿌려 보아요 땅바
닥에서 허공 속에서 초록이 솟아올라요 아스라이 기억을
가진 그림자가 날아올라요 순간,

검은 눈물이 함께 춤을 취요 따뜻하게 소복하게,

별주부전이 생각날 때쯤

섬으로 가요

얼굴을 가리면
그 섬에서 더 멀리 갈 수 있을지도 몰라요

자꾸 아련하다고 말하는 너와
자꾸 아득하다고 생각하는 나와
그 사이에 바닷물은 그저 고요만을 고집해요
먹먹한 하늘이 섬을 뒤덮고 있을 때였죠

섬을 한 바퀴 돌 때까지 너는 무얼 꾀한 거니?

겨울에는 무엇보다 굴이 맛있다며
장작불을 피워요

너는 아련하다 말하고 나는 아득하다고 생각했어요
그것은 봄바람에 휘날리는 벚꽃의 한숨,

간까지 내어 줄 것처럼 굴을 까 줘요

날름날름 굴을 간봐요
하늘을 보는 듯 바다를 보는 듯 너의 옆얼굴을 보며
나는 간을 챙겨 온 것처럼 환하게 웃었죠

시작도 없고 끝도 모를 비가 내려요

섬에는 장작불 소리와 빗방울 소리뿐

토끼가 날자
거북이는 짭조름하게, 섬이 되어요

슬도*

바람이 심하게 불고, 고래가 튀어 오른다
조개 불가사리 박혀 있는 테트라포드가 출렁거린다
파란 하늘과 맞닿은 바위섬
사납게 파도가 밀어닥치면 왕곰보 돌은 서로를 껴안는다

날리는 머리카락을 움켜잡으며
성끝마을 끝 깊숙이 파고들었다

돌과 물미역 사이로 물고기들이 숨바꼭질한다

속을 드러내는 일은 언제나 자신 없다
한쪽 발이 어딘가 빠진 기분으로 조약돌을 쌓는다
그때는 어떤 이유로 아팠을까
기억나지 않는 아픔을 버리지 못하고
차곡차곡 수집하는 그녀 얼굴이 비쳐
다시 외면한다

슬도명파는 곡비가 되어 거문고 소리를 토해낸다
당신 가실 때 퍼붓던 장대비 소리다

부서져도 다시 밀려오는 겹겹의 소리가 사는
슬도, 울지도 못하고 서 있는 나를 만나는 곳이다

* 슬도: 울산 방어진의 작은 바위섬.

공극

너는 바람을 안고 걸었고
나는 사람을 안고 걸었다

기장 해안 길은 어제보다 낯설었다
바람이 불었고 갯바위 냄새가 밀려왔다

어촌 체험 마을에 들어서기 전
창이 넓은 카페에 들렀다
나란히 앉아 봄빛이 파도치는 바다를 바라보았다
바람이 불었고 어디선가 한 아이가 자전거를 타고 지나
갔다
마르고 있는 미역 냄새가 따라갔다

시시때때로 달라지는 파도의 간극은 알 수 없고
'넘어져도 괜찮습니다' 문구가 마음에 든다

당신과 나의 거리는 얼마가 적당할까
사랑하다가 한날한시에 같이 묻혀도 간극은 있다

방파제는 어떤 이름을 간직하기 위해
남기고 지우고 철썩거리며 자기 자신을 다듬고 있을까
오래 응시한 눈이 당신의 머리카락 사이로 숨어든다

다시 걷기 시작했을 때 바람이 분다
당신 눈썹 수평선이 출렁거리고
마을 어디선가 풍랑주의보 안내 방송이 흘러나왔다

'아무리 넘어져도 괜찮습니다'
물결은 해안을 다듬기 위해 발을 맞추었다

어른 술래

동생이 숨었다

가위바위보!
언제나 지고 마는 누나는
오늘도 술래다
감나무 아래 여기 숨었을까
장독대 뒤에 저기 숨었을까
너무 꼭꼭 숨지는 마!

어른이 되었지만
나는 아직도 술래다
너무 꼭꼭 숨지는 마!
손잡고 가야지 기다리는 집으로

강물은 어제처럼 흘러
하얀 나비 한 마리
지문 사이를 헤집고 다니다가
팔랑거리며 날아가 버린다
동생 옷을 태우던 날 잠시 머물다

날아가 버린 그 나비

이제 그만 나오렴
손잡고 새벽을 맞이하지 않을래

나비가 깨어나기를 기다리는
나는 여전히 술래다

적화摘花 1

끔찍한 일이에요

꽃눈이 깨어나 하얀 꽃이 만발해요
곡우를 하루 앞두고
꽃 솎기를 했어요
짝을 맞추고 흘러나오는 노래에 엉덩이춤을 추며
꽃인지 수다인지 따 내기 바빠요

처음으로 해 보는 적화예요
이렇게 요렇게 하면 된다고 알려 줘요
도무지 알 수 없는 것
어느 것이 실한 놈이 될지 분간이 안 돼요
더 과감해야 할까요
만개한 꽃에 설레고 탐스러운 열매에 아찔했어요
서툰 나에게는 버려진 꽃들이 아깝기만 해요
간밤에 죽는 연습을 한 꽃이 있어요
살아서 몹쓸 시간이 뭉툭 뭉툭 잘려 나가요

비가 내려요

생과 죽음에 더없이 가벼운 비
남겨진 꽃과 떨어진 꽃이 함께 비에 젖어요
문득 떨어진 꽃에서 맴돌던 벌이 생각났어요
하필이면 떨어진 꽃에서 꿀을 발라 먹는지
자리마다 융단을 깔아 놓은
고랑에는 내던져진 모가지가 소복해요

그가 말했어요 내 안에 붙박이장처럼 눈물이 박혀 있다고

북집

어쩌다 늙어 버린 집이 있다
작은방 깊은 곳에 자리하고 있다

윗실이 아무리 좋아도 밑실이 없으면 안 되지
엉키거나 끊어져도 박을 수 없지

이것 좀 잡아 봐라
그래 살살 당겨야지

아이는 헝겊을 잡은 손가락까지 박음질될까 봐 잔뜩
움츠리고
여자는 무심히 재봉틀을 돌린다

엄지와 검지 사이 침 묻혀 실 돌돌 말아 바늘귀에 끼우고
실패에서 한 오라기 빼내어 북집에 걸고 딸깍 고정한다

윗실 될래
밑실 될래

바람을 휘저으며 노루발이 한 땀 한 땀 달려간다

앉은뱅이 재봉틀을 부여잡고 있는 여자의 뒷모습이
정화수에 뜬 하현달 같았다

지문처럼 닳아버린 북집에서는
다르르 다르르 여자의 심장 소리가 들렸다

애기똥풀

13주 3일째 아침
툭, 양수가 터졌다

결락이다

순간, 처음 겪는 일은 놀랍게도 놀랍지 않다
서서히 큰일이 생겼음을 직감했을 때
온몸의 피가 얼굴로 몰리며 사지가 떨려왔다

태명은 도레미
남자아이일까 여자아이일까
환하게 만날 날을 기대하며
가장 편안한 몸 데리고 마음을 구슬러
나비 따라 다니고 꽃구경 다녔다

산모가 좋으면 다 좋으리라는 생각은
심장을 도려내고도 나만 살아남았을 때
깨어졌다, 겹겹 깊은 적막을 덮고
몇 날 며칠 문을 잠근 채 어둠 속으로 들어갔다

참 모질다

어느 날
젖멍울이 돌아
비로소 목을 놓았다

늦게 도착한 귀

바다는 멀고 파도 소리는 가깝게 들린다
축제는 끝났다
언제 품고 왔는지 풀어 놓은 숨소리에
귀는 뒤척이느라 잠들지 못한다
바다처럼 흔들리며 빠져나온 다리로 헤엄치기 시작한다

참 어렵다 바람 불면,
오늘은 꽃을 피워야지
구멍 숭숭한 돌담길을 따라 걷는
매화는 바다를 본 적이 없는데
파도 소리에 철썩거린다

꽃아 출렁거려라
테우*를 타고 콧노래로 스카프를 늘어뜨린다

이런 곳에 네가 있다니
사람들이 모여들고
향기가 돋아났다가 사라졌다
투명한 기억을 간직하기 위해 눈을 감는다

시시하고 평범했던 날처럼
아무렇지도 않게 피고 지고
바람이 불 때마다 비가 내린다

매화가 지고 있어도 늦었다고 말하지 않는다
놀이는 이제부터 시작이다
나뭇가지에서 얼굴이 가렵다

* 뗏목의 제주도 방언.

목어

벚꽃의 정오,
마른 물고기가 비늘을 털고 있다

공림사* 목어를 만났다
등지느러미를 닮은 오색 파라솔이 바람에
파닥일 때마다 쏟아지는 꽃 비늘
야위고 헐벗은 하늘이 휑뎅그렁하다

여섯이나 낳아 속이 텅 빈 목어
단청의 물기는 주름진 시간으로 말라버리고
수심을 알 수 없는 두 줄에 매달린 물고기
등 굽은 척추의 허물만 남았다
새벽이 올 때까지 편물을 짜던 당신
붉은 죽비의 손으로
꽃잎 하나에도 길을 열어 준다

벚꽃 잎 떨어져 하얀 혈해를 이룬
김해내외동행정복지센터 주차장에서
주차 관리하는 늙은 목어

만차滿車로 허기진 배를 채우는
공림사 여백 속의 흔들림을 닮았다

-

* 공림사: 충청북도 괴산군 낙영산에 있는 절.

사월에 무늬가 죽었어요

얼레지를 피워 올리는 옆구리를 생각하면
절룩거리는 얼굴로 당신이 다가와요

산 울음 찾아 맨발로 걸어요
흔들리는 물고기, 매화꽃 피운 문살, 꼬리가 붙은 용마
루, 아직 털신이 놓인 신발장, 텅 빈 눈

나는 무늬를 가지고 싶은 연분홍이에요

흐르는 계곡에는 바람이 높다란 꽃의 밑을 파고들어요
나의 안쪽과 당신의 바깥쪽
오래된 시간만큼 구불거리는 울음을 찾아
자갈 밟는 소리에 귀가 자갈거려요

풍경을 적시는 소리
고요하게 잠든 계동
뒷산 돌너덜 휘돌아
늙은 산 능선 따라 걸어요

바람은 발이 아파요
연분홍은 대답이 없어요
별 같은 꽃이 저기에만 있어요

툭, 하고 떨어질 때
비어 있는 하늘이
내 숨소리에 당신 숨소리를 담았어요
들꽃 골짜기 움켜쥐고

나는 당신과 같은 무늬를 가지고 싶은 연분홍이에요

흔적, 고이는 소리

섬을 벗어날 즈음 흩날리던 비가 다솔사에 도착했을 무렵에는 제법 또렷하였다

겨울 한가운데 산사는 적막하다 대웅전 오르기 전 대양루를 거쳐 안심료에 이르렀을 때 똑똑, 신의 시간을 지나 인간의 시간 속으로 낙숫물이 소리를 내며 흘러내렸다 어릴 때 대청마루 앞 축담에 쪼그리고 앉아서 보았던 모습이 고스란히 펼쳐진다

또록 또록 또로록 똑 안심료 마루에 걸터앉아 가지런히 두 발 모으고 처마 끝 낙숫물 소리에 귀를 기울이며 둥글게 퍼지는 동그라미에 눈길을 심는다

처마마다 흔적이 생겨나는 것은 아니다 끊임없이 내리는 빗방울이 있다고 파문을 만들 수는 없다 떨어지고 솟아오르는 작은 물방울이 바위를 뚫는다지만 대지의 손바닥 위에 고이는 소리는 없다

홀리듯 한참을 바라본다 떨어지는 빗방울이 또렷이 위를 향해 일어나고 있다 나를 일으켜 세우는 죽비소리가 풍경을 스치며 다솔사 가득 메운다 손바닥 우물 속 깊이 잠을 묻어주고

2부

당신의 빈자리는 아직 푸릅니다

늦은 안부

저녁을 여름제비꽃 속에 밀어 넣는다

순간 온몸에 불길이 일었다
간밤에 퍼붓던 비를 고스란히 머금은
심장이 무겁게 쿵쿵거린다
굳게 봉인된 나무 옷이
빗물 같은 눈물에 잠기고 있다
자판기에서 콜라를 빼어 마셨는지
누군가의 트림 소리가 박하 향처럼 쏠려 왔다

아버지, 불 들어갑니다

활활 타오르는 아궁이 속에서
잠잠하던 불길이 환호성을 지를 것 같다

햇살 좋은 봄날에 아버지 허리춤을 잡고
밭둑을 걷던 기억이 젖어 온다
셋째 딸만큼이나 이쁘다던 제비꽃
가슴에 꽂아 주며 볼을 비비던 까칠한 수염

무심코 내려다본 신발이 나란하다

어둠이 여름제비꽃 길 위에서
늦은 안부를 묻는다.

장미의 뱀

안쪽 발목으로 찾아갔어요
노출되는 바깥쪽은 시들기 쉬워요

나만의 포인트가 필요했으니까요
고급스럽고 기품 있는 분위기만을 좇아갈 수 없잖아요

가시부터 비늘까지
하나하나 정밀해지고 싶어요
섹시한 매력을 입혀요

줄리앙을 데생하던 디테일한 터치감은
도발적인 감성으로 검게 돋아났어요

다리를 자주 꼬아 앉게 됩니다
걸을 때 은근슬쩍 보여 줄게요

걸어 다니는 거리가 한껏 빛나는 걸 보니
어제가 끝이 아니었군요

아직도 천진무구해지고 싶은
발목입니다

목덜미, 쇄골, 팔꿈치 지나 손가락까지
다시 번역합니다

여름 언덕
— 김해 대성동 고분군에서

지문을 풀어 나지막한 구릉을 만들어요
씨줄과 날줄을 엮어
수천 년 전 흔적에 생명을 불어넣어요
시간을 발굴하는 영원의 순간이에요
통나무는 누군가의 전성기를 지켜 주고
바람 불지 않은 날 없어
개망초는 꿈꾸어요

별 뜨는 언덕을 여름이 지나가요
기다림으로 움튼 도랑은 돌아와,
고요히 흐르고
당신과 나의 팽나무 뿌리는
서로의 곁을 어루만져요

애구지*는 물결치며
어느새 높아져
뎅, 뎅,
한여름 밤이 피워 올리는 군중의 종소리 들으며
천년을 다시 꿈꾸어요

* 애구지 : 김해 대성동 고분군(사적 제341호)이 자리 잡은 구릉.

무궁화꽃이 피었습니다

꽃이 피어 있다

마른나무 의자에 줄지어 흰머리 꽃, 등 굽은 꽃, 주름진 꽃, 손이 뭉툭한 꽃, 혼자서는 제대로 걷지도 못하는 꽃, 나란히 앉아 있다 이른 새벽 새가 깨어나기를 기다렸다가 알람처럼 거북공원을 깨운다

언제부터일까 이곳에는 일편단심 분홍꽃들이 피었다

일생이 담긴 형형색색의 기억들 꽃잎처럼 곱게 말아 접어 두었다가 마침내 송이째 떨어지는 그날을 준비하는 듯, 근처 요양병원에서 미리 맞춰 입은 분홍 수의 위로 야윈 햇살이 들다 말고 부서진 구름이 머물다 가고 잎사귀 흔드는 바람이 가끔 들릴 뿐이지만 밤사이의 안부를 물어오는 새, 아득히, 멀어져도

언제나 무궁 무궁할 꽃들,

다리 위에 선 다리

아침부터 날이 궂더니
빗줄기 거세집니다

비가 와도 빨래는 널어야 하고
햇살이 사라져도 강물은 흘러갈 테죠

가끔 콜록거리던 오래된 전화기가
비 오면 도지는 신경통으로 오늘은 더 지지직거립니다

'아부지 다리 좀 밟아라'
아버지 다리 위에 올라서서
고래 타고 낙타 타고
밟고 밟던 그 밤
다리 위에 선 다리가 먼저 잠이 들었던 그 밤

빗물을 밟고 둥둥 떠내려가는 나뭇잎
비를 밟고 어둑어둑 가는 당신

전화벨이 울립니다

44

검게 그을린 다리를 밟아 봅니다
빗소리 그치지 않는 오늘 밤
아버지 쉬이 잠들지 못할까 봐 걱정입니다
아니, 빗소리 그치지 않기를 기도합니다
다리 위에 선 다리가 밤새도록 밟을 수 있도록

빨래는 마를 것이고
강물은 흘러갈 테죠
고래 타고 낙타 타고

매미의 계절

소리,
꽃 핀다
둥글게 핀다
죽기 위해 소리 내고
소리 내어 죽는다
떨어지며 꽃,
피어난다

느티나무 숲속으로 한 여자가 들어갔다

잠들지 못하는
여름 여름 여름
여름의,
간절한 춤사위
나는 당신이
아프다

능소화

출근길 그 집 앞

장미가 진 자리
다홍빛 치맛자락이 초록에 휘감겨 있다
사무실로 가져와 바탕화면에 심었더니
수줍은 웃음 퍼 올리는 꽃 대궐이다

치렁치렁 피어난 꽃
쏟아져 내릴 것 같은 순간들이
비린내 풍기며 후드득 떨어진다

쏟아져 내리는 절정
가는 길이 꼿꼿하다

저토록 무모하게 외쳐 본 적 있었던가
초록이 지쳐 가도 기다림에는 망설임이 없다

노을빛 몸짓으로 나팔관 쟁쟁거리는
퇴근길 다시 그 집 앞

소등껄 수국
— 주고받는 것은 생명입니다*

당신을 기다립니다
물 안에 담긴 흙담이
빈 의자 두 개 나란히 내어놓고

숲속의 바다로 떠날 거예요
변함없는 진심과
변하기 쉬운 신발을 머리에 이고
시간을 길어 올린 겹겹의 무늬로

장마가 시작되면
수많은 눈망울이 생겨나요
당신의 심장으로 흐르는 물소리는
몽글한 별이 되어 대숲에 내려앉고

질곡의 뿌리 모아 비밀의 숲속에 심어요
염원의 꽃잎들 나비 날개 달아
소등껄이 환해지면
하늘과 구름과 샛강은 하나의 동그라미가 되어요

여기는 겨울이 없는 양지의 물 안
천 개의 물빛을 흙담에 바릅니다
돌아온 당신의 푸른 진심이 소복이 쌓이면
초여름을 흐르는 서낙동강 은빛 비늘에서
수국이 피어납니다
수국 수국 하게

* 네덜란드 단 보틀렉의 작품명, 대동면 수안리 마을 입구에 설치된 마을
  상징 조형물.

장미가 있는 행성

비가 그치고
장미꽃은 시들었지만
향기는 조금도 시들지 않았지
그때 누군가 젖은 비늘을 말리고 있었지

어둠이 등을 떠미는 저녁
탱자나무 울타리를 지날 때
우리는 나란히 걷고 있었지
자전거를 피하려다
옆집 춘자 언니가 가시에 찔렸지
검은 고무줄로 칭칭 감은
춘자 언니의 발은 푸른 탱자가 되어 가고
일그러진 얼굴도 창백한 탱자꽃이 되었지
살려달라고
아니, 죽어도 좋으니
제발 종아리를 묶은 고무줄만 풀어 달라고
애원했지
열십자가 열리고
춘자 언니 복숭아뼈에서 검붉은 꽃 한 송이 피어났지

비가 그친 그날
한 송이 장미를 다시 만나기 위해
뱀에게 물린 어린 왕자가
젖은 비늘을 말리고 있었지

비밀의 숲

그 숲에 가면 기대가 앞선다
비밀 속 환희를 생각하며 찾아간 그곳
입구에서부터 맞이하는 안녕의 조각들이 모여
수많은 동그라미가 생겨나는 곳
하늘을 담은 연못은 별을 모아 둥근 하늘이 되는 곳

태초부터 하늘은 있었겠지
별이 될래? 꽃이 될래?
별이 깔리는 오솔길의 끝에서 만나는
울울창창한 숲속의 바다

물빛이 그렁그렁 떨어질 때마다
꽃잎 대신 얼굴을 어루만지면
당신의 눈빛은 바다보다 더 푸른 꽃이 된다

쏟아져 내린 별들이
누군가의 눈망울로 흘러내려 바다를 이루는 곳

낯설고 좁은 통로

발끝으로 더듬어 돌아 나오면
몰래 다녀간 것을 알까?

쏟아진 것을 도로 담을 수 없어
꺾어진 꽃을 주워 담는다
다시 살아나기를 꼭 바라는 것은 아니지만
새로 돋아날 것이다

비밀이 더 이상 비밀이 될 수 없는
만화방초,
기대는 구석진 골목처럼 어긋나 있다

이내

땅거미 질 무렵 어슴푸레한
저기, 개가 걸어갑니다
건너편 지상의 마법 속에서
늑대가 기다립니다

온 세상이 파랗게 물드는
시간의 경계를 걸어가는 두 마리의 짐승,

수레국화처럼 자잘하게 흔들리는 낮과 밤이 있는데요
너머를 지키는 개와 늑대가 있는데요

파란색 볼펜으로만 작업했다는 화가는
새벽의 물빛에 반했다는데
나는 새벽에 일어나고 싶지만, 새벽에 잠드는
올빼미족입니다

허물어진 나를 깨우며
선과 악을 허물며
푸르스름한 기운에 발맞춥니다

나에게 주어진 시간은 겨우 이십 분
물비늘이 사라지기 전
당신 기억이 증발하기 전

정원을 거닐 듯
비로소 스며듭니다

당신의
이내 속으로,

저녁의 일

고등어 두 마리를 집으로 데리고 가다가 고양이를 만났다
하나둘 불이 켜지면
나는 지느러미를 끄기 시작한다
무심한 가로등의 얼굴을 읽는다
놀이터 그네는 이미 흔들거리고 있다
벤치에 고등어 두 마리와 두부 한 모가 등을 기댄다
고양이 울음소리가 길을 물고 늘어지는
파래진 하늘과 눈이 맞은 저녁의 일이다

무심코 앉아서 바라보는 골목길
여러 마음이 오고 가는 길
저 길 어디쯤 잃어버린 저녁이 웅크리고 있을까
막힘없는 이 길 어디쯤 누군가가 있을 것 같아

고양이 울음소리 따라 한 발짝 다가가 본다
고등어는 내팽개쳐 버리고
나는 음악을 크게 틀어놓고 고양이 울음을 하고 싶다

지금은 파란 시간

모든 것이 파랗게 변해갈 때
고등어는 바닷물에 팔딱거리고
두부 한 모 코발트빛으로 물든다
저녁 밥물 같은 눈물로 얼룩진 등을 검정 비닐에 집어
넣었다

가로등이 그렇듯 다가갈 수 없다
가로등이 그렇듯 돌아설 수 없다
빠른 걸음으로 골목을 벗어날 뿐

배롱나무꽃이
골목 끝까지 갔다가
다시 돌아온다

유월은 안단테로

거북의 입속에서 나왔나요
동트기 전부터 새들이 지저귑니다

고요의 나무들
한마디의 말 건네지 않아도
잎을 열고 꽃을 피웁니다
발걸음에 맞추어
바람이 순회공연을 합니다

간밤에 꽃잎 떨어트린 자귀나무
석 달 열흘 불 밝힐 준비하는 배롱나무
살 오르기 시작하는 어린 감
고개를 끄덕이며 제각각의 속도로 흘러갑니다

비가 내리면 비와 함께
바람이 불면 바람과 함께

오늘 해야 할 일들의 온도를 헤아려 봅니다
어제 건네지 못한 표정을 다시 연습합니다

기쁜 일이나 속상한 일을 발뒤꿈치에 버리고
새들이 찔러 가는 말간 하늘을 바라봅니다

빠르게 그러나 너무 빠르지 않게
느리게 그러나 너무 느리지 않게

호흡이 박자를 맞추면 가슴은 어제보다 더 둥글어집니다

유월이
천천히
거북공원*을 지나갑니다
먼 데서 가까운 곳으로 옮겨 오기 시작하는

* 거북공원 : 김해시 내동에 있는 공원.

에덴동산

대청천 계곡물은 거침없이 흘러가고 있었다 두 사람은 물소리 따라 계곡으로 내려갔다 발을 담그고 하늘을 본다 준비해 온 도시락을 펼쳐 놓고 흐르는 물을 바라본다 자귀나무 꽃의 왕관은 어제보다 화려하고 상수리나무의 잎은 오늘만큼 두터워졌다 매미 울음소리 맞춰 바람도 춤춘다

그렇게 한참을 계곡에서 쉬었다 그리고 계곡을 올라갈 때였다 제대로 된 길이 없는 계곡을 남자가 먼저 올라갔다 이쪽으로 올라오라며 여자에게 손을 내밀었다 위태로운 바윗길이었지만 여자는 남자가 내민 손을 잡고 올라갔다 남자는 손이 미끄러워 혹시라도 놓칠까 싶어 힘껏 잡아 끌어올렸다 순간 여자는 남자의 힘에 못 이겨 넘어졌다 무릎이 까졌다 자두 한 개 숨어 있다가 하얀 바지 위로 발그스레 생겨났다

남자와 여자가 손을 내밀고 손을 붙잡고 자두 향이 피어나는 사이에도 계곡물은 여전히 흐르고 돌은 단단하고 산은 말이 없다

3부

구름이 되어 버린 발에서 고양이 방울이 울리고

눈 감으면 보이는 풍경

언젠가, 구절초 흐드러진 산등성이로 당신이 따라왔다

하늘이 고이는 작은 연못, 거기 날갯짓하는 푸른 구름, 간절히 손을 뻗은 소나무의 생장점, 붉게 울 준비를 끝내고 허리를 구부린 고목의 잎사귀, 다람쥐를 피하지 못한 상수리 열매

당신의 눈길은 수십 길 등 뒤에 사는 아이에게 머물고
상처 난 도토리가 이쁘다며 치마폭에 주워 왔던 그 아이
바람에 섞인 햇볕 한 줌을 골라 따사로운 손수건처럼 건네던 얼굴

이제는 당신의 얼굴을 한

가을볕 아래 종소리를 받아 두 귀에 대면
하루치 파도가 발치로 밀려오면
수평선까지 이어 길을 열 수 있다면
구름 한 점 없는 하늘이라면

당신과 함께할 완벽한 가을을 원하는 것은 아니다

목덜미 솜털이 기억하는 당신을
참았다가 참았다가
커다란 숨으로 내뱉으려 할 뿐

물속 계수나무 아래 흔들리는 언덕은
묵혀 둔 일들을 씻어 널기에 적당하다

당신 먼저 대청천 계곡물 따라 흘러가 버리는 건 반칙
인데,
잘 도착했다는 당신, 구절초가 흐드러질까 봐

어진이

    그러니까 그는 어진이가 태어나는 줄도 몰랐다 그날 금줄에는 숯과 솔가지가 달려 있었다 동네 사람들은 어질어라 어질어라 어진이라 불렀다 태어날 때부터 울음보를 가지고 태어난 어진이는 항상 옆구리가 시렸다 업히기 좋아했고 기우뚱 기울어져 어딘가에 기대어 있었다 누군가 한 사람은 허약한 곁을 쓰다듬고 지켜 주어야 했다

    첫울음을 안아 주지 못한 그는 호인댁 집 앞에는 금줄에 고추까지 달렸더라며 되려 성난 목소리로 마당을 쩌렁쩌렁 채우고 방으로 들어갔다 엄마 혼자서 아이를 낳느라 하늘이 노래지는 산고를 치르고 있을 때 그는 자식이 태어나는 줄도 모르고 동네 개울에 빠진 처녀를 건져내고 있었다 사람들로 빙 둘러싸인 채 싸늘해진 시신을 수습하느라 땀을 줄줄 흘리며 산고 아닌 산고를 치르고 있었다 해마다 딸 생일이 다가오면 추월골 용지방에는 처녀의 혼을 구하는 굿판이 출렁거렸다

    늦은 그날, 아버지는 검게 그을린 얼굴에 어진이의 발도장을 둥글게 찍고 또 찍었다

64

가을은 사과가 주렁주렁

지금은 가을이고 얼음골엔 사과가 주렁주렁이다 칠산 화목에서 데려다 키운 새끼 여섯 마리를 낳은 화목이가 나를 보고 달려온다 얼음골 얼음은 다 녹아도 얼음골 사과는 뻘게지고 얼음골 가을을 화목이가 데운다

지금은 가을이고 화목이는 새끼 먹일 젖이 주렁주렁이다 모산에서 아버지가 키우던 화목이가 어느 날 화목이 닮은 새끼를 여섯 마리 낳았다 월목이 또 화목이 수목이… 아버지, 한 마리가 모자라예 일목이도 있으면 좋을 텐데 정아, 새끼는 여섯이면 충분하단다 하긴 나는 언니 또 언니 오빠 여동생 남동생 없는 거 없이 다 있으니

영남알프스 바람이 불어오고 도토리묵 파는 집은 정기 휴일이어서 덩그러니 놓인 누런 호박 사이로 햇살만 비쳐 든다

가을은 사과가 주렁주렁하고 내 눈가에는 이십 년 전 화목이가 어른어른하고 얼음골은 사과 향 같은 아버지 내음이 진동하고

달에서 기차를 타고

1

달에서 기차를 탄 그가 간밤에 내린 비를 뚫고 여기까지 왔다 어느 날 새벽에 꾹저구 동자개 잡던 시절 따라가 버리더니 이제야 겨우 상처 난 다리를 끌고 왔다 고개를 갸웃거리며 담배를 피워 물고 은행나무 가로수에 기대어 지나가는 사람들을 힐끔거린다 중얼중얼 무언가 말하려다 말고 배가 고픈지 국밥집 앞 '아침식사 됩니다' 현수막에 눈길을 자꾸 걸어 놓는다.

2

기다려도 오지 않을 그 시절의 다래와 으름은 어떤 기억으로 익어갈까 자고 일어나면 밤새 제일 잘 익은 놈으로 골라 주었지 계수나무 동네 추월산 골짜기 헤매고 왔을 달빛에 부르튼 발은 닦아도 닦아도 진물이 흘러나온다.

3

꼬리 뭉툭한 고양이 한 마리가 대합실에서 할 말을 다하지 못하고 졸고 있다 얇아진 옷을 추스르고 떨어진 담배꽁초 비벼 밟으며 가랑한 비를 주머니에 포개어 담는다

여덟에서 더 이상 나아갈 수 없는 입김과 잊을 수 없기에
잊힐 수 없는 이름들이 진물에 엉겨 붙는다 놓칠 수 없다
하지만 보고 싶었다는 말 한마디 입 밖으로 내지 못한 채
붙박이처럼 바라만 볼 뿐이다.

4

이미 구름이 되어 버린 발에서 고양이 방울이 울리고 후
드득, 냇물 위로 떨어지는 비 사이로 제대로 늙지도 못한
은행나무는 다리를 절뚝거리며 또 어디로 가고 있다 '아
침식사 됩니다' 국밥집 앞 현수막이 진물을 흘리고 있다.

클래식과 부침개

그 남자가 영화를 보고 싶어 하는 날에는
비가 내린다
그 여자는 비가 내리는 날이면
부침개를 떠올린다

누런 호박을 반으로 갈라 씨를 덜어 내고
숟가락으로 쓱쓱 긁어내어
어제와 오늘을 반죽하여 주머니마다 넣어 둔다

부침개 재료로 영화를 고르고

영화는 빗소리에 맞춰
첫사랑 편지를 읽으며 시작되고
여자는 빗소리에 맞춰 클래식을 지휘한다
남자는 클래식을 들으며
늘어지게 막걸리를 들이킨다

어디서 왔는지 모르는 비는 계속 내리고
몇 번을 본 영화의 결말은 기억을 지운 채 끝을 향한다

슬픈 인연이 비를 부르는 것일까
비 오는 날 영화는 부침개를 좋아한다

클래식은 그 남자를 감싸 안고
그 여자의 부침개는 비처럼 내린다

계동, 달의 기억

청도 운문호 공암풍벽을 보러 갔을 때였다 가뭄이 심하여 수십 년 전에 수몰된 마을이 그대로 드러나 있었다 마을버스가 달렸을 신작로, 작은 다리, 교각에 새겨진 이름까지 들판은 속살을 고스란히 드러내고 있었다 물은 모든 것을 간직하고 있었다

계동*은 어디로 사라졌을까 장유면 대청리 146번지 밤하늘을 바라본다 오늘은 달이 얼마나 기울었을까 오늘은 어떤 이웃 별이 이사 왔을까 달이 떠오르면 어릴 적 뛰어놀던 뒷산 너덜과 앞 도랑이 아직도 푸르게 방아를 찧는다 추월계동秋月桂洞은 달 속으로 수몰되었다

달이 구름에 걸리면 나는 달 속으로 걸어간다 댓돌 위신발은 여전히 여덟 켤레가 놓여 있다

* 계동(桂洞): 경남 김해시 대청동 계동마을, 지금은 구획정리로 아파트가 들어서 있다.

적화摘花 2

동생을 먼저 시집보낸 밤 아버지는 울었다 순서 없이 결혼하는 일이 무슨 대수냐고 달래기도 했지만 커다란 어깨의 들썩거림은 겨울밤보다 더 깊었다

인연을 찾는 일이 어디 쉬운 일인가 연을 맺는다는 게 얼마나 어렵고 진중한 일인가 아버지도 모르는 바 아니었다

이월에 꽃을 피운 그녀는 날마다 와이셔츠를 다리고 식탁을 차렸다 사랑에는 여러 종류가 있다고 말해 준 당신의 말을 조금씩 이해해갈 즈음 자신도 모르게 깊어진 내 안의 한숨으로 꽃잎을 하나씩 똑 똑 따냈다

가을이 짙어간다 오늘도 급하게 뛰어나온 그녀 젖은 머리카락을 매만지며 버스를 기다린다 2-1번 정류장에서 잠시 자신을 추스른다 핑크빛 스카프가 바람에 휘날린다

'곧 도착' 버스 알림이 뜬다

거울 숲에 들면,

다시 말하자면
무언가 쏟아질 기세다
외면할 수 없는 날이 오면
숲으로 가요
길은 나를 두고 떠나지만
은행나무에 기대었더니
손톱이 서늘하다
기다리고 있어요
샛노래졌어요

몽환의 무대,
보이는 것이 모두
진실은 아니라는 것을 알아 버렸다
시드는 꽃
활활 거리는 억새
숲에서 숲으로 뿌리까지 물들어
이유 없이 눈물이 나는 것은
지친 기다림이다

가시를 세우지 않은 고슴도치는
그림자의 표정을 읽어 내느라 바쁘고
나무는 손을 뻗어 바람을 뒤집어 놓는다

숲속은 거울,
또는 거울 같은
환한 슬픈 빛의 파도다
쏟아지는 폭설은

무심코, 무작정

그런 날이었지 특별한 목적지가 없는 것은 아니었지 비가 오고 그래서 목적지에 목적을 두지 않았지 길 따라 바람 따라 내키는 곳으로 달려가는 그런 날이었지

메타세쿼이아는 비를 흠뻑 맞고 늘어서서 아우성쳤지 본포 지나 남지 가는 길은 강물이 따라왔지 노고지리 수변공원은 텅 비어 있었지

명례성지에서 나는 우산을 받쳐주고 너는 촛불을 밝혔지 나란히 앉지는 못하였지만 나란히 중얼거렸지

비가 오고 그래서 강가를 걸었지 풀은 눕고 꽃은 피고 강물은 떠듬떠듬 흘러갔지 선의도 없고 악의도 없다고 했지 가끔 산들바람이 스치곤 했지

처음 가 보는 동네가 많기도 하지 산 아래 아래 높고 높은 곳에는 아직도 연꽃이 피어 있었지 설마 설마하며 국화 필 날 다시 오자고 약속했지 비도 오고 그래서였지

이런 날은 특별하지 않아도 특별했지 산과 들과 바람이
무심하기도 한,

분실물 보관함

억새꽃은 눈은 있지만 입술이 없다. 주인을 찾아주세요. 안내데스크에 맡기며 시락국밥집 앞에서 주웠다고 한다.

단축키 일 번을 꾸욱 눌렀다. 저장된 연락처가 없습니다. 전화가 오기만을 기다리는 순간이 가을 강처럼 깊어간다. 접혀 있는 시간을 열어 본다. 시들어 버린 빈 하늘과 마른 햇볕에 닳아 버린 애기동백 한 송이가 들어 있다.

소리가 들린다. 단풍나무 속에서 허리가 푹 꺾인 할머니가 걸어 나온다. 꽃 진 살구나무처럼 서 있다.

누런 이를 보이며, 스러진 청춘이 숫자처럼 박혀 있는 폰 속으로 더듬더듬 걸어온다. 사라진 기억보다 돌아온 기억 쪽으로 가까워지려는 모습이다.

드림락*

산이 운다 화답하듯,
천태산 허리에 앉아 휘파람을 불면
산바람 휘휘 연주하고
상수리 잎사귀 춤춘다
뼛속까지 맑아져 오는
영혼의 가무에
마음을 모아 자물쇠를 채운다
회개한 자들이
발길 돌리는 쓸쓸한 저녁
인간의 발아래 머리를 내어 준, 너는
페가수스를 타고
하늘을 나는 꿈을 꾸겠지
산이 웃는다

* 드림락: 밀양 천태호에 있는 바위. 자살 바위로 불리었지만 지금은
  꿈 바위로 고쳐 부르고 있다.

핑크뮬리

나뭇잎이 가벼워졌다

엄마 꿈을 꾸었다

금박무늬가 있는 거울을 든
아이가 가을볕이 걸터앉은 마루에서
나뭇잎이 빗겨 주는 머리카락에 색칠한다
가르마를 타고
양 갈래로 묶어 다시 땋아 준다
거울 속 아이는 붉게 번지는 나뭇잎에
가만히 웃는다

당신은 나를 꼭 안아 주고
나는 당신 냄새를 맡는다

수없이 되뇌었던 날조차 잊어 버렸지만
기다리지 않았기에 나타나는 무지개가
단풍 가지 꺾어 들고 있다

흰머리가 점점 늘어난다
미용실에 가야 하지만
엄마가 빗겨주는 미용실이 없다

오른쪽 심장이 필요하다

분산盆山

오늘도 마주한다
창가에 걸터앉으면
띠를 두른 분산이 다가와 앉는다

능선을 따라가면
무수한 눈과 손이 모여 있다
돌 하나에 눈이 보이고
돌 하나에 손이 만져진다
산을 넘어야 하는 눈은 위를 보고
터를 지켜야 하는 손은 돌팔매의 거리를 재고 있다

계절 따라 쓰러진 눈과 손을 품고
등뼈같이 앙상한 돌 위에 눕는다

벽 속에는 당신 냄새가 심겨 있다
흙벽돌 쌓아 올린 벽에
쩍 갈라진 손으로 벽지가 발라지고
따뜻한 방이 생겼다
눈과 손이 비로소 마주치던 날

성벽처럼 든든한 아버지가 돌아오셨다

성벽을 더듬으면 주름진 손이 만져진다
당신에게로 가는 미로
천년이 가도 무너지지 않고
열려 있는

분산성* 모퉁이에 기침 소리 새어 나오면
아버지의 지문이 돌꽃으로 피어난다

* 金海 盆山城. 사적 제66호(1963.01.21. 지정), 만장대라고 불림.

해반천 블루스

그냥 걷기로 해요
불어오는 바람에 마음을 열고
밝아오는 아침 소리 듣기로 해요

시냇물 이야기에 귀 기울이고
구름 흐르는 사연 들어 보아요
계절의 발자국에 맞장구치며
오목조목 산책해요

쫓지 않아도 가는 시간이며
밀어내지 않아도 만나는 세월 속에
더디게 간다고 야단할 사람 없으니
천천히 그렇게 산책해요

개망초 웃음소리와 강아지풀 재잘거림에
코스모스 키가 부쩍 자라나면
벼 이삭 여물듯 그리움도 여물어질까요

서녘이 들려주는 노을 소리 같이 들어요

은하수 건너 달려오는
당신을 위해 비워 둔 자리는
아직도 푸릅니다
그냥 걷기로 해요 우리,

서툰 진심

웃음이 지나간 자리 바스락거려서 한참 서 있었다
경계 위에 서서 당겨 보고
경계를 넘어서 밀어 봐도
웃음은 이미 흩어졌다

바람이 지나간 자리 바스락거려서 한참 걸었다
물드는지 빛바래는지 여전히 알 수 없는
계절과 계절 사이
한 발 다가서다가
두 발 물러나다가

바스락거림에 특별한 이유를 부여하지 않기로 했다
눈물이 따라왔을 뿐

계절은 지나가고 있지만
한참을 걷다 보면
계절이 비처럼 오겠지

웃음이 지나간 자리

어스름 속으로 혼자 걷는다

새벽이 올 때까지
비처럼 올 때까지

4부

오늘 밤은 흑백입니다

밤의 지문

아가미가 뻐끔거린다
이불 밖으로 빠져나온 발 한 짝
푸드덕 날아오를 듯하다가
잠잠하다

몇 개인지 알 수 없는 둥근 세계 속
남자의 왼쪽 손바닥은 굳은살로 소용돌이친다
수평선 아래보다 더 궁금한 나머지 손
지구 반 바퀴를 마저 돌아야 겨우 만져질 것 같다

굳은살을 풀어 부드럽게 동심원을 그린다
물금 속으로 사라진 지문을 찾아 헤맬 때
물고기 등에 단단한 가시가 자라고
매의 눈빛 같은 푸른 꿈속으로 빨려 들어간다

파도치는 밤을 당겨
물고기의 무늬를 새긴다
멈춰진 시계의 태엽을 감고
빠져나온 발 한 짝 가지런히 걸어 두면

물살이 부딪히며 내는 소리는 점점 작아지고
가시가 찌르는 밤도 얕아진다

돌아누우면 왼쪽 어깨뼈가 뚝 소리를 내는 시간
잠들 수 없는 물고기가
지문이 닳도록 밤의 지문을 만드는 시간이다

율마

겨드랑이에 심었어요
양손으로 쓰다듬어 주면
레몬 향이 번진대요
보는 사람마다 입을 맞춰요

물을 듬뿍 줘야 잘 자란다 했어요
어떤 것은 한 달 만에 시들어 버려요
자주 안아 주지 못해서일까요
말라가는 등이 휘어요

햇빛 좋고 바람 잘 통하는 것보다
당신이 정말 바라는 것은 무엇일까요
호주머니에 구겨 넣은 생기로 하루를 버틴 날
귀가 잘린 저녁이 울어요

새로운 잎사귀를 매달아 보아요
레몬으로 살아 주면 좋겠어요

혼신지*

하늘에 꽃이 핀다
거울 속에도 집을 짓는 둥근 자궁
꽃이 피고 지는 시간을 바람은 알고 있을까

허공에 꽃대가 자라고
새가 쉬어 가며 물속을 살핀다
지는 것이 피는 것이다

곡선과 직선의 기하학적 무늬들로
오늘을 마무리하는 하루
노을이 연못으로 내려오면
꽃이 엄마 발뒤꿈치를 닮았다

물그림자와 철저히 마주 보고 있는 시간
언제쯤 이 거리를 좁힐 수 있을까
혼신을 다해 서로에게만 집중하는
하늘이다

* 혼신지: 경북 청도군 이서면 오부실 마을에 있는 연밭 저수지.

손톱의 낮잠

손가락 끝에도 길이 있을까
손톱이 길어졌다

기억나지 않던 기억이 살아났다
새벽이 오기 전에 깨어나는 새의 심장처럼
손금이 요동친다

제때 깎지 못한 손톱
어제 자라난 길이보다 오늘 자라는 길이가
더 긴 사연을 찾아
내일을 자극한다

내 속에서 걸어 나온 손톱이
내 것이 아니라는 표정으로 떠 있는
낮달

물컹했던 통증의 내부
그때마다 만나는 눈물의 염도
길보다 더 길게 자라나 하늘을 단단하게 포장하는 시간

손가락 끝에서 심장이 뛴다
천천히 당신이 보인다

벽의 자세

　참 거나하다 바짓가랑이를 걷어 올리는 것을 보면 알
수 있다 지게작대기같이 곧기만 하던 벽이다 어느 날 세월
의 힘에 못 이겨 견고하던 벽이 어이없이 무너졌다 장대비
쏟아지는 날 투명한 유리 벽 속에 단단하게 봉인되었다

　벽을 보고 말을 하고
　벽을 보고 밥을 먹고
　벽을 보고 일어나고
　벽을 보고 산다고 했다

　계절이 지나고 외로움이 누워 있는 곳에 갔다 양 볼은
맞선 보는 날보다 더 불그레하고 심장은 뱃고동처럼 출렁
거렸다 마음을 부여잡지 못하고 주저앉아 세월을 토해냈
다 유리 벽은 기울어진 햇살에 반들거리고 창틈으로 불어
오는 바람은 스카프를 끌어당겼다 가슴을 짓눌렀던 돌덩
이를 하나씩 꺼내어 벽을 만들고 벽을 허물고 벽이 내 속
에 거나하게 들어찼다

　벽이 사라지면 우주가 사라질 듯 밤의 나날이 계속되었

지만 아침이 오고 하늘은 푸르게 오지다 오백 년이 더 되었다는 팽나무도 늘 있던 그 자리를 지키고 있다 강물은 아랑곳없이 흘러가고 당신 가시던 날 퍼붓던 소낙비가 또 내리는 날이다

정물화, 멍하니 바라보는

아주 작은 창이 있고
시간이 허기질 때면 창가로 가요
초조한 빛이 들키지 않도록
두통이 사라지지 않는
자몽한 날이면
가느다란 습관으로 창밖을 바라봐요

흔들리는 먼지 낀 풍경 속에
텅 빈 운동장은 낙타의 사막입니다
각진 교실과 둥근 체육관을 둘러
햇살을 덩그러니 안고 있어요
우르르 학생들이 교문 안으로 들어오지만
마른 겨울 장미는 바람개비 타고 하나둘 빠져나가 버리고
오늘도 운동장은 혼자입니다

   그때는, 먼지 자욱한 신작로를 걸어서 운동장에 들어서
면, 줄넘기 공기놀이에 철봉은 시소를 타고, 돼지 불알을
그리고 오징어를 그려서 땅이 꺼질 듯 뛰어놀았죠,

하얀빛으로 오염 가득한 세상에 켜켜이 쌓인
우울한 먼지를 털어 냅니다
나는 왜 진실로 나를 볼 수 없고
휘날리는 깃발의 목소리를 제대로 들을 수 없을까요
아침마다 하루만큼 더 미워진 얼굴을 씻고 또 씻어 내
듯이
무엇인지 불안한 날은 손때 묻은 것을 찾아 자꾸 닦게
됩니다

긴 방학이 끝나면
꽃샘바람과 황사를 견디어
정지된 그곳에도 만국기가 왁자지껄 펄럭일 테죠
여중생들의 발뒤꿈치에서 흙먼지가 폴폴 피어날 테죠
보세요 저기

날씨의 예의

날씨 없는 날을 기대합니다

오늘은 전국적으로 비 또는 눈
당신을 배려하는 설탕을 52% 희석하여
날씨는 예보됩니다
믿거나 말거나
믿어도 날씨는 달고
믿지 않아도 그날의 날씨는 씁니다

화요일 날씨는 아무리 맑아도 흐림
계절은 날씨를 전혀 닮지 않았다고 말하며
콧노래 산뜻한 아침 햇살이 출근합니다

당신이 품은 먹구름 냄새가 접수되었습니다
비바람을 오늘만은 결재하지 않겠습니다

예보하는 친절은 아홉 시를 지나갈 무렵 안개로 덮였습니다
건기에도 흐린 날씨가 반복되면

우산을 품고 사는 습성을 길러야 할까요
비를 피하는 방법은 간단합니다
사라진 목소리 따윈 적당히 무시하는 온도
휘파람을 이기적으로 불어도 동요하지 않은
당신 또한 나

당신의 일기예보를 전해 드리겠습니다
내일은 대체로 맑으나 당도 차가 심하겠습니다
미세먼지의 농도는 알 수 없습니다

처방전을 이마에 붙이고 출근했나요
당신의 날씨는 3일간 안녕할 겁니다

결빙의 습관

길을 잃었다
천장을 뚫고 흘러나왔다
열선은 싸늘해지고
통과하지 못한 예감은 멍이 들었다
바람의 나부낌도 무게로 다가와
눈물의 흔적을 씻어 내려야 하는
폭포가 생겼다
흥건한 바닥에 물고기는 아직 오지 않았다
일단 잠그기로 하자

틈은 쉽게 드러나지 않는다
젖은 가슴을 닦는다
기다림이 시작되었다

서로를 관통하지 못하고 얼어 버린
검은 공터가 넓어져 간다
오로지 너를 통해서만 읽혔던 세상일들이
깊이와 길이를 잴 수 없는
흐르지 않는 물의 길

조용히 다문 결빙은 습관으로 변질되었다

동파된 가슴을 동여맨다고
처음으로 돌아갈 수는 없다
잃어버렸던 표정을 하나씩 찾아 나서기로 하자

너의 혈관 안에
나의 맥박이 숨 쉴 수 있도록
얼음장 물꼬를 튼다

그의 공구 통에서 겨울이 부서진다

저도 가는 길

그러니까 저도 가는 길이었다

언제부터 내게 왔니?

아직 당신의 틀 속에 갇혀 있다
새가 일어나기 전 다녀갔던 그림자가
손에 잡힐 것 같아
악몽이 짙어질수록 눈을 감는다

어제가 내려앉은 어깨는 다가갈수록 멀어진다
터널이 두려워
아니 난 안개가 무서워
손이 다가오면 얼굴을 내밀어 봐
이럴 땐 가면을 벗어도 좋아

물방울을 만지면 말랑해지는 당신의
아득한 것에 대한 궁금증은
저 섬에 심어 두고 올 테야

콰이강의 다리를 건널 때
투명한 바닥에서 바닷물은 낭실
희미한 그대 돌아오면
인디언 서머

라디오에서는
찬란한 안개주의보가 해제된다고

그림으로 들어간 여자

구름의 얼굴을 보듬고 걸터앉은 여자는
왼쪽 한 귀퉁이 비파나무 아래로 뛰어내렸다

첫발은 초록 들판이었다
새벽빛으로 밝아지는 절벽을 향하여
세상에서 제일 큰 날개를 펼쳐
물결치는 뿌리를 심었다

하늘과 바다가 닿을 듯
어디쯤 섬이 될까
하늘을 뒤집고 싶은 새 떼
빠른 날갯짓으로 파도를 핥는다

그림은 보물찾기라는 제목이 붙여져 있다

보물을 찾으러 떠난다
찾지 못하면 찾을 때까지
단단히 묶인 시선
사방을 샅샅이 훑어본다

만지면 가짜가 되는 절벽 위로
새는 흩어지고
파도는 가지도 오지도 않는다

그림을 펼쳐 놓은 사람들
보이지 않게 꼭꼭 숨겨 둬야지
무엇이든 찾기는 쉽지 않다
찾아낼 수 있는 보물은 보물이 될 수 없다
여자는 자기 얼굴을 만질 수 없다

다시 새를 찾아 나선다
희미해지는 섬
보물이 스스로 나타나기만을 기다리면 된다고
그림 밖으로 슬쩍 한쪽 발을 내밀었다가 거둬들인다
그것은 있기도 하고 없기도 하다

보물을 찾으러 그림으로 들어간 여자가
보이지 않는다

눈을 감아 본다

당신이 보일지도

수혈

달의 손을 끌고 와 지도 놀이를 한다

저녁 늦게 마신 커피 때문인지 낮에 걸려 온 전화 때문인지 눈만 멀뚱거린다 공전하며 떨어진 잠의 부스러기를 찾아 모자이크한다

별은 보이지 않는다 두 시의 시계바늘은 손가락 마디를 서성이고 지문 사이를 헤집고 다닌다 놀이에서 이겨 보지 못한 A형의 어린아이가 있을 뿐이다 사월이 왔지만 여전히 겨울 속에 갇혀 있는 A형의 아이는 환한 빛이 두려워 더 깊이 달아난다 다섯 시가 되어 갈 때쯤 달아난 잠 대신 두통이 찾아왔다 안녕 나와 같이 새벽을 맞이하지 않을래 손바닥 우물 속으로 잠을 묻어 둔다 오늘은 새로운 새가 깨어나기를 기다린다

저기, 홍매화가 피었다는 소식에

아득한 풍경

사거리 빈터에 새 건물이 들어섰다
자동차 흠집 제거 외형 복원
모서리에는 거울이 한쪽 발을 올려놓고
오가는 사람들을 포섭한다

오른손을 들어 인사하면 오른손이 대꾸하는
어제의 주인공이 오늘은 관객이 되기도 한다

나를 보고 있는 나
그런 나 뒤에서 내일에서 온 나를 만나기도 한다

나를 보고 있는 너
어쩌면 너이고 싶었던 나, 인지도 모른다

남겨진 빛 속에서 소란스러운 침묵이 들끓고
그 길을 따라가면 사라지는 순간들
순간으로 들어가면
거울 속의 거울을 만질 수 있을까

건널목 앞에서 신호대기 중
거울이 나를 읽는 시간은 삼 분
그 안에 모든 것을 보여 주고
뒤돌아 나간다

닦지 않은 거울 속에서
그대로인 채 아득하게 바래 간다

흠집 제거 외형 복원
나의 주저함을 자꾸만 받아 읽으려는 너

나의 변심을 변형으로 착각하는,

사라진 그늘

구부정한 등에서 박하 향이 난다

허기진 숨결
살아 있음을 확인하고 싶을 때
골목을 서성거리며 배회하다
벤치에 한쪽 다리를 올려 걸터앉는다
등나무에 등을 기댄다
엄마, 이리 와 같이 살게……
목소리만 남기고 떠나간 딸
구순을 넘긴 뒤부터 나이를 잊어버렸다
기억의 눈금이 팽팽함을 잃어
무표정한 시간으로 키워 낸
꼬깃꼬깃한 주머니 속에 박하사탕이 나이만큼 빼곡하다

초록의 길들이 보이지 않는 곳
꽃 속에 꽃이 보이지 않는 곳
잎사귀의 속삭임이 휘어진 등을 지탱하고 있다
삶의 느슨함에 손잡아 주는 그늘
이제야 벤치 아래 간직해 두었던 노래를

송이째 꺼낸다

긴 한숨에 보랏빛 짙어 가고

따라온 들썽한 바람에 헐렁한 머리카락이 흩날린다

아무리 불러도 물리지 않는 노래

핏줄 무늬가 지워지고

박하 향이 사라졌다

흑백, 사진 또는 기억

마루 앞 굴뚝보다 높은 마당 한가운데 서 있는 두 사람
그을음이 벽을 타고 있습니다 그들 곁에는 신발 한 짝
이 굴러떨어져 있습니다 나는 보았습니다

한 아이는 운동화를 신고 하얀 스타킹에 빨간 세라복
원피스를 입고 있습니다 두 손을 가지런히 모으고 해맑
은 눈빛으로 단정히 서 있습니다 그 뒤에는 아이의 양팔
을 잡은 어른이 있습니다 훤칠한 키에 왼쪽 손목에 시계
를 차고 검정 구두를 정갈히 신고 있습니다 엷은 미소의
아이와 함께 있습니다

새초롬하게 서 있던 아이는 그날을 기억하고 있을까요
초등학교 일 학년 여름으로 가는 길목의 어느 날, 사진을
찍었던 이 이야기는 당신의 배경일 수도 있습니다 백 년
동안 사진은 낡고 닳았지만 모든 것이 선명하게 다가오
는 장면입니다

사진 속의 채광은 일련 속에서 직선의 화살표가 아니라
돌고 도는 원형입니다 시간은 사라지지 않고 반복됩니다

무수히 번성하는 식물의 줄기처럼 백 년을 생각해 봅니다
당신은 없고 나는 잘려 나갔습니다

　사진 속 당신은 흑백입니다

여름 눈사람 같은

바다는 탐스럽게 익은 사과 냄새를 맡았을까

누드 여자가 흘러나온 그림 전시회에 갔다 차분하거나 말괄량이 여자들이 바닥으로 우르르 나와 얼룩이 되어 있다 그녀들 사이에서 해바라기가 지쳐 가고 한쪽 벽면에는 호랑이가 지켜보고 있다 그녀의 눈동자 깊숙한 곳에도 호랑이가 살고 있다 갑자기 호랑이 그림이냐고 물으니 그냥 그리고 싶었다고 한다 한여름 밤을 꼬박 새워 산고를 치르며 한 마리씩 낳았다고 했다 낳고 나서는 며칠씩 앓아 누웠다고 지그시 말하는 그녀 얼굴이 알 수 없는 여름 눈사람 같다

햇살이 내려앉은 날 그녀는 스케치하러 갔다 어선이 바람에 묶여 흔들거리는 바다였다 아직도 둥근 무늬가 마음을 아프게 할까 문득 사과가 먹고 싶어 사과만 켄트지에 수북이 담아 왔다 가을볕 아래 물결치는 바다에서 밤새워 호랑이를 잉태하고 사과를 바다에 한바탕 쏟아부었을 그녀의 눈빛은 이미 겨울 산을 걷고 있다 사과 껍질을 깎아 내면 몇 마리의 호랑이가 튀어나올까

가을 바다가 잘 익은 사과가 되고, 누드의 여체가 한 마리의 호랑이가 되는, 그것이 오늘을 살아 내고 있다는 것이지 뜬금없다는 것이 뜬금없는 것이 아니듯 그래 그럴 수 있지 하루를 살아 낸다는 것에 꼭 한 가지 정답만 있는 것은 아니니까

　오늘은 갤러리를 지나 경마장에 간다

Welcome to 42길

당신을 환영합니다

여기는 지붕 없는 박물관
과거 현재 미래가 공존합니다

하늘에서 내려온 수로왕이
가락국을 세운 서기 42년에서
2042년으로 항해합니다

당신은 어떤 음표를 가졌나요
발걸음의 템포가 궁금해요

사이를 걸으며
사이를 느끼며

비둘기 어학당에서 나비의 꿈을 꿉니다
가게 유리문에 걸린 작품 속에서
당신의 취향이 그네를 탑니다

예술적인 꽃을 피우는 이색적인 가치들
금바다의 단아한 매력이 반짝거립니다

welcome!
오래된 미래의 도시 웰컴로42길*에서
당신을 기다립니다

* 웰컴로42길: 법정문화도시 김해시 특화거리, 김해도서관에서 분성 광장
  까지의 명예 도로명.

공극孔隙의 슬픔과 스며듦의 미학

나호열

시인·문화평론가

속을 드러내는 일은 언제나 자신이 없다

김결 시인의 첫 시집『당신은 낡고 나는 두려워요』는 기의記意를 해체하는 독특한 발화發話를 통해 의식의 내면에 자리 잡고 있는 기억을 더듬고 스스로를 위무하는 길을 탐색하고 있다. 마치 부손蕪村의 하이쿠「거면居眠」, "꾸벅 졸면서/ 나에게로 숨을까/ 겨울나기여"처럼 결코 그 누구와도 나눌 수 없는 생의 고독함을 이겨 내기 위해 또 다른 타자인 자신의 의식 속으로 스며드는 독백인 것이다. 그래서『당신은 낡고 나는 두려워요』는 존재 간의 공극—결코 결합될 수 없는 간극—을 인식하는 것으로부터 출발한다.

당신과 나의 거리는 얼마가 적당할까
사랑하다가 한날한시에 같이 묻혀도 간극은 있다
—「공극」부분

　　시인의 이러한 독특한 시의 발화는──특히「또는, 눈사
람의 기분」과 같은 유형의 시에서 보여지는──타자화他者化
된 자신에게 건네는 일종의 주문呪文이라고 보아도 무방하
며 따라서 어떠한 타자와의 소통을 주된 목적으로 삼지
않는다. 자유연상의 자동기술법을 차용하면서 언어를 통
한 소통의 무망함을 즉물적 감성으로 대체한다. 그러므로
『당신은 낡고 나는 두려워요』의 다수의 시들은 쉽게 해독
할 수 없는 불편한 거리를 유지한다. 그러나 시집을 꼼꼼
하게 살펴보면 김결 시인의 시법이 이른바 상대적 이미지
의 시, 즉 객관적 상관물을 활용한 서정시로부터 출발하
였음을 확인할 수 있다.

소리,
꽃 핀다
둥글게 핀다
죽기 위해 소리

내고
소리 내어 죽는다
떨어지며 꽃,
피어난다

느티나무 숲 속으로 한 여자가 들어갔다

잠들지 못하던
여름 여름 여름
여름의,
간절한 춤사위
나는 당신이
아프다
―「매미의 계절」 전문

  매미는 오랜 시간을 땅속에 머물다가 번식을 위해 온갖 위험을 무릅쓰고 나무에 오른다. 매미의 울음은 짝을 찾기 위해 울림통이 없이 온몸을 비벼 대야만 하는 수고로운 수컷의 구애다. 이 시는 '소리'(울음)를 '피는 꽃'으로 치환하면서 반복적으로 '여름'을 배열하며 적절한 리듬감을 살리는 감각이 뛰어난 작품이다.

모든 生의 욕망은 죽음을 담보로 하기 때문에 아픈 것이다

이와 같은 계열의 작품을 열거해 보면 열매 수확을 위해 버려지는 꽃을, 목적으로 대하지 않고 수단으로 삼는 인권 유린에 비유하면서 "그가 말했어요 내 안에 붙박이처럼 눈물이 박혀 있다"고 소외의 슬픔을 토로하는 「적화 1」, 재봉에 필요한 '북집'과 하염없는 노동에 일생을 바친 삶을 대비시킨 「북집」, 양육을 위해 온갖 자신의 즐거움을 버린 채 속이 텅 비어버린 부모를 그린 「목어」 등을 들 수 있다. 이러한 시들은 김결 시인의 시력詩歷이 전통적 서정시를 기반으로 하는 탄탄한 시력視力에 있음을 보여주고 있는 것이다.

『당신은 낡고 나는 두려워요』의 얼개를 한마디로 요약한다면 우리의 삶은 아이러니로부터 빚어지는 슬픔이며, 이 슬픔은 존재 간의 공극으로 말미암아 공유할 수도, 나눌 수도 없다는 인식의 다른 이름이라는 것이다. 이 인식은 또한 존재 간의 인식의 어긋남 또는 충돌을 의미하기도 한다.

그 남자가 영화를 보고 싶어 하는 날에는
비가 내린다

그 여자는 비가 내리는 날이면
부침개를 떠올린다
　　　―「클래식과 부침개」 부분

너는 바람을 안고 걸었고
나는 사람을 안고 걸었다
　　　―「공극」 부분

　비를 둘러싼 상이한 취향, 바람과 사람으로 상징되는
욕망의 다른 층위는 불화不和와는 다른 의미를 지닌다. 우
리는 각기 다른 체험과 기억을 안고 살아간다. 또한 한 개
인의 체험과 기억도 중첩된 인식의 결을 지닌다. 김결 시
인의 체험과 기억은 농촌이라는 장소의 아날로그―"계
동은 어디로 사라졌을까 장유면 대청리 146번지 밤하늘
을 바라본다"(「계동, 달의 기억」)―를 견지하면서 한편으
로는 견고했던 가부장적 사회체계의 기억과 맞물려 있다.
아마도 계동은 시인의 고향으로 짐작할 수 있는데―지금
은 수몰되어 '장유면 대청리 146번지'가 되었지만―장소
는 사라지지 않고 변형된 것일 뿐이다. 무뚝뚝하면서도
다감한 양면성을 가진 아버지는 여전히 "가을은 사과가
주렁주렁하고 내 눈가에는 이십 년 전 화목이가 어른어른

하고 얼음골은 사과 향 같은 아버지 내음이 진동하"(「가
을은 사과가 주렁주렁」)는 존재로 살아 있다.

　계동이라는 어제와 장유면 대청리 146번지라는 오늘이
겹치는 기억과 딸을 낳았다고 투덜거리면서도 "검게 그을
린 얼굴에 어진이의 발 도장을 둥글게 찍는 기쁨을 감추
지 않는" 이중적인 마음을 시인은 아래와 같이 예리하게
짚어 내고 있다.

　그러니까 그는 어진이가 태어나는 줄도 몰랐다 그날 금줄에는
숯과 솔가지가 달려 있었다 동네 사람들은 어질어라 어질어라 어진
이라 불렀다 …(중략)…// 첫울음을 안아 주지 못한 그는 호인댁 집
앞에는 금줄에 고추까지 달렸더라며 되려 성난 목소리로 마당을 쩌
렁쩌렁 채우고 방으로 들어갔다 …(중략)… 그는 자식이 태어나는
줄도 모르고 동네 개울에 빠진 처녀를 건져내고 있었다 …(중략)…
// 늦은 그날, 아버지는 검게 그을린 얼굴에 어진이의 발 도장을 둥
글게 찍고 또 찍었다
　　— 「어진이」 부분

**하루를 살아 낸다는 것이 꼭 한 가지 정답이 있는 것이 아
니다**

　인간은 환경의 지배를 받고 교육을 통해서 유해한 환경

을 이겨 내기 위해 필요한 도덕과 윤리와 같은 사회규범을 배운다. 어쩌면 진정한 자아를 만나기 전에 타자화된 자신을 믿으며 한평생을 살아가기도 한다. 그러면서 우리는 뜻밖의 난처한 상황에 자주 부딪치고 난제의 행복한 해결을 위해 몸서리치기도 한다.

생각해 보면 슬픔과 기쁨은 모순개념이 아니다. 슬픔과 기쁨 사이에는 슬픔도 아니고 기쁨도 아닌 수많은 확정되지 않은 혼융의 관념이 존재한다. 김결 시인은 이것으로도, 저것으로도 단정할 수 없는 이 무미건조한 삶의 실체—"보이는 것이 모두 진실이/ 아니라는 것을 알아버린"(「거울 숲에 들면」)—를 절실히 체감하고 있는 것으로 보인다.

그래서 시인은 "어른이 되었지만/ 나는 아직도 술래"(「어른 술래」)이고, "울지도 못하고 서 있는 나"(「슬도」)이며, "저토록 무모하게 외쳐 본 적이"(「능소화」) 없는 소심한 존재이다. 그러나 오해하지는 말자. 김결 시인 자신으로 표상된 화자話者는 애초부터 세상은 공극인 까닭에 완벽한 이데아는 이 지상에는 존재하지 않는다는 것을 체득했다. 따라서 시인은 세상에 대해, 자신에 대해 어떤 열패감도, 허무함도 지니지 않으며, 그와 동시에 열패감도, 허무함을 극복하려는 의지도 표명하지 않을 뿐이다.

길을 잃었다

천장을 뚫고 흘러나왔다

열선은 싸늘해지고

통과하지 못한 예감은 멍이 들었다

바람의 나부낌도 무게로 다가와

눈물의 흔적을 씻어 내려야 하는

폭포가 생겼다

흥건한 바닥에 물고기는 아직 오지 않았다

일단 잠그기로 하자

틈은 쉽게 드러나지 않는다

젖은 가슴을 닦는다

기다림이 시작되었다

서로를 관통하지 못하고 얼어 버린

검은 공터가 넓어져 간다

오로지 너를 통해서만 읽혔던 세상일들이

깊이와 길이를 잴 수 없는

흐르지 않는 물의 길

조용히 다문 결빙은 습관으로 변질되었다

동파된 가슴을 동여맨다고

처음으로 돌아갈 수는 없다

잃어버렸던 표정을 하나씩 찾아 나서기로 하자

너의 혈관 안에
나의 맥박이 숨 쉴 수 있도록
얼음장 물꼬를 튼다

그의 공구 통에서 겨울이 부서진다
— 「결빙의 습관」 전문

    물은 자연스럽게 흘러야 한다. 낮은 곳으로 섞이고 정화되면서 흘러가는 것이다. 그러나 인공적으로 만들어진 수도관은 견고해 보이는 사회제도의 허점처럼 예고 없이 터지고 얼어붙는다. 그래서 '너'라고 불리는 온갖 삶의 규칙들은 때로는 어긋나고 불안을 야기한다. 사람과 사람 사이의 결빙, 개인과 집단 사이의 불화를 단지 시인은 결빙의 습관이라고 부르며 단지 얼음장 물꼬를 트는 것은 여전히 심장이 뛰고 있기 때문이라고 관망할 뿐이다. 물컹거리며 기웃대는 그림자—일상의 불안—는 "잘려 나간 마음에서 푸른 더듬이가 자라나"(「바디 드로잉」)는 것으로서, 다르게 말하면 달리 떨쳐낼 수 없는 운명적인 것으로 받아들이는 것이다. 이와 같은 세계의 전망에 대해 시인은 어떤 결기도 내색하지 않는다. 슬픔을 슬프다고 말하지 않는 것이 김결 시의 미학이다.

산책의 풍경들

『당신은 낡고 나는 두려워요』의 적지 않은 시들은 시인이 살고 있는 곳으로부터 그리 멀지 않은 곳들의 풍경을 소재로 삼고 있다. 장거리 여행과는 달리 낯선 곳에 대한 설렘은 없으나 익숙하고 친근한 풍경이 지니고 있는 장소는 무의식적으로 시간(변화)에 대한 성찰이 돋보일 수 있게 하는 장점이 있다.

「여름 언덕」, 「소등껄 수국」, 「분산」, 「해반천 블루스」, 「혼신지」, 「Welcome to 42길」 등등의 시는 노마드nomad의 삶이 아니라 태어나고 자란 고향의 풍경을 느리게 해찰하면서 찾아 낸 시간의 흔적들을 음미하는 산책散策의 즐거움을 선사해 준다. 시인이 살고 있는 김해는 옛 가야의 땅으로 고분古墳과 같은 유적과 설화가 살아 숨쉬는 고장이기에 자연스럽게 시인은 시간에 대한 사유를 깊게 할수 있었을 것이다.

애구지는 물결치며
어느새 높아져

뎅, 뎅,
한여름 밤이 피워 올리는 군중의 종소리 들으며
천년을 다시 꿈꾸어요
—「여름 언덕」부분

성벽을 더듬으면 주름진 손이 만져진다
당신에게로 가는 미로
천년이 가도 무너지지 않고
열려 있는
—「분산 盆山」부분

그냥 걷기로 해요
불어오는 바람에 마음을 열고
밝아오는 아침 소리 듣기로 해요
—「해반천 블루스」부분

시인은 자신의 생활 반경에 자리 잡고 있는 시간의 흔적들을, 한여름 밤이 피워 올리는 군중의 종소리와 같은 청각으로, 성벽을 더듬으면 주름진 손이 만져지는 촉각으로, 마음으로 받아들일 수 있다. 그럼에도 여전히 질문은 남는다.

우리는 시간의 흐름을 어떻게 알 수 있을까? 낮과 밤의 교차, 계절의 순환은 멈춤이 없으나 세워지고 낡아 가다가 허물어지는 건물들, 문득 거울에 비춰진 자신의 얼굴을 바라볼 때 우리는 망연자실하며 시간을 곱씹게 되는 것은 아닐까? 어제의 주인공이 오늘은 관객이 되고, 나를 보면서 어쩌면 너가 되고 싶기도 하는 변심과 변형 사이를 안개처럼 사라져 가는 시간을 따라가는 것이 우리의 삶이 아닐까 생각하면서 시인은 이런 문장을 남기기도 한다.

돌아누우면 왼쪽 어깨뼈가 뚝 소리를 내는 시간
잠들 수 없는 물고기가
지문이 닳도록 밤의 지문을 만드는 시간이다
— 「밤의 지문」 부분

그리하여 "쫓지 않아도 가는 시간이며/ 밀어내지 않아도 만나는 세월 속에/ 더디게 간다고 야단할 사람 없으니/ 천천히 그렇게 산책"(「해반천 블루스」)하자고 권유하기에 이른다. 그렇게 천천히 산책을 하다 보면 어느새 눈은 있지만 입술이 없는 억새꽃이 되고 사라진 기억보다 돌아온 기억 쪽으로 가까워지는 모습이 되어 가고(「분실물 보관함」참조), "밤사이의 안부를 물어오는 새, 아득히 멀어져도// 언제나 무궁 무궁할 꽃"(「무궁화꽃이 피었습니다」)으로 산화하는 것이다. 이와 같이 시인에게 있어서 산책은 시간과 소멸의 의미를 캐묻는 순례에 다름이 아니다.

나는 어디로 떠났던 사람일까요?

　지금까지 시집 『당신은 낡고 나는 두려워요』에 내재된 특성을 모든 존재 간의 해소될 수 없는 틈(공극)으로 말미암아 벌어지는 소외疎外와 우리의 삶이 산책을 통해서 시간에서 파생되는 허무와 동행할 수 있음을 밝혀 보았다. 또한 극기克己나 반성, 사회적 현상에 대한 반발과는 거리가 먼 김결 시인의 감성은 모든 존재가 이룩하는 스며듦에 맞춰져 있다고 짐작할 수 있다. 사회규범에 따른 형식적 소통의 무모함보다는 서로에게 스며드는 측은지심 또는 교감의 발화가 시인의 시법詩法이라고 볼 때 가식적 소통에 반발하는 측면으로도 이해할 수 있다. 그래서 이제 마지막으로 이 시집에 등장하는 키워드인 '당신'에 대해 이야기하기로 한다.

　시집 『당신은 낡고 나는 두려워요』의 많은 시들에 등장하는 '당신' 또는 '너'는 과연 어떤 실체를 의미하는 것일까? 시집의 첫머리에 놓인 시 「또는, 눈사람의 기분」 전문을 살펴보기로 하자.

우리는 텍스트예요 주기적으로
폭발하죠
사월에 눈이 내리기도 하고요

당신은 여전히 모르는 사건으로 남았죠
제발 얼룩을 읽어 주세요

들끓던 용암을 가라앉히는 오늘
눈 내린 불면에 로그인을 하고
거울 속의 분화구를 외면합니다
숱한 넷플릭스의 드라마와 마주하죠

바닥에 웅크린 나의 주인공이
사월에 내린 눈처럼 녹고 있고

대답할 의무도 없이 드라마는 끝이 납니다
사월의 눈과 여전히 모르는 당신에게
잠시 머물던 내가 눈사람으로 녹아 가죠

질 때 더 붉은 당신을 오려 붙여

텍스트를 읽는 내 눈동자가 젖어듭니다

날이 저물어요 당신은 낡고 나는 두려워요

계절의 터미널에서 갓 내린 커피를 마셔요
나를 저울질하며 주문을 걸죠

사월은 불타오르거나 녹아내리고
소리 없이 모란이 다녀가고
떠난 이와 남은 자가 일으켜 세운 터미널만 남았죠

이제 나는 누구인가요

    김결 시인의 각각의 시에 등장하는 '당신'을 하나의 명확한 인물이나 사물로 특정하려고 할 때 우리는 연상과 유추와는 거리가 먼, 감상鑑賞의 불편함에 빠진다. '여전히 모르는 사건'으로 남거나, '질 때 더 붉거나, 낡거나'의 주어인 '당신'은 과연 누구일까? 아니 '누구일까?'보다는 '무엇일까?' 되묻는 것이 나을지도 모르겠다.

    이탤릭체로 강조된 문장들—"제발 얼룩을 읽어 주세요" "바닥에 웅크린 나의 주인공이/ 사월에 내린 눈처럼 녹고 있고 "날이 저물어요 당신은 낡고 나는 두려워요"
─은 화자의 발언이고 다른 문장들은 화자의 의지와는
무관하게 전개되는 상황으로 가정한다면 그 상황들은 연
속성이 배제된 미끄러지는 기의들의 배열로 이루어져 있
다. 이러한 김결 시인의 독특한 발화는 구획할 수 없는, 나
눌 수도 없는 이 세계에 대한 의식에서 기인한다.

   이러한 인식으로부터 시인이 지칭하는 '당신'은 조심스
럽게 추측하건대, 시인 또는 화자話者를 둘러싸고 있는 모
든 존재이거나 존재 그 자체이기 때문이다. 이 말은 시인
의 인지 여부를 떠나 자연스럽게 하이데거Heidegger의 존
재론으로 생각을 이끌어 간다. 그는 존재와 존재자를 구
분했다. 인간을 포함한 모든 사물은 존재자이며, 존재자
를 성립시키는 존재에 대해 사유할 수 있는 능력은 오직
인간에게만 있다는 것이 그의 주장이다.

   인간만이 '존재'를 인식할 수 있는데, 왜 인간들에게는
인식의 틈(공극)이 생기는 것이며. 그로부터 소통의 부재
가 일어나는 것일까? 존재하기 위해 필요한 국지局地(장
소)와 신분身分의 차별성으로 빚어지는 생명에 대한 경박
함과 도구화를 목도할 때 김결 시인의 시는 내면으로 파
고드는 유령과 같은 당신에게 바치는 비명悲鳴이거나 탄
식일 것이다. 그런 까닭에 시에서 명명하는 '당신'은 나를

옭아매는 시간, 자연, 감정을 주고받는 어떤 사람, 더 나아가 우리의 영혼 속에 숨어 있는 관념들이 얽혀 있는 걷잡을 수 없는 애매함으로 읽혀진다. 그렇기 때문에 시인의 미덕은 어설픈 깨달음이나 분노의 표출을 억제하고 각 존재에게 주어진 슬픔을 서로에게 스며들게 하는 정서의 교감에 있다.

어차피 시는 엘리엇의 말대로 '오독의 역사'이다. 김결 시인이 펼쳐 놓은 사건과 사물 간의 충돌과 겹침을 통한 문장을 섣불리 해석하려고 할 때 우리는 시인이 장치해 놓은 역설의 늪에 빠질 것임에 틀림없다. 왜냐하면 시는 정서(느낌)의 전달이지 설명(이야기)이 아니기 때문이다.

『당신은 낡고 나는 두려워요』는 김결 시인의 첫 시집이다. 이 시집에서 제기한 물음을 어떻게 자신만의 어법으로 축조해 낼 것인가? 전통적 서정시를 기반으로 '존재'와 같은 철학적 관념을 구체적 이미지로 구현해 낼 것인가? 자못 궁금해진다. 모든 예술은 독창성과 철학성을 지닐 때 영원한 생명력을 가질 수 있다. 건필하시길! 🅟

달아실시선 79

당신은 낡고 나는 두려워요

1판 1쇄 발행	2024년 6월 30일
지은이	김결
발행인	윤미소
발행처	(주)달아실출판사
책임편집	박제영
기획위원	박정대, 이홍섭, 전윤호
편집위원	김선순, 이나래
디자인	전부다
법률자문	김용진, 이종진
주소	강원도 춘천시 춘천로 257, 2층
전화	033-241-7661
팩스	033-241-7662
이메일	dalasilmoongo@naver.com
출판등록	2016년 12월 30일 제494호

ⓒ 김결, 2024
ISBN 979-11-7207-019-9 03810

* 잘못된 책은 구입한 곳에서 바꿔드립니다.
* 책값은 뒤표지에 표시되어 있습니다.
* 이 책은 ▨ 경남문화예술진흥원의 문화예술지원금을 보조받아 발간되었습니다.